Yuna
aus dem Reich Ryukyu

3

Wataru Hibiki

Die Hauptfiguren
Makato
König Shin, dritter Herrscher der zweiten Sho-Dynastie. Bestieg in früher Kindheit den Thron, indem er seinen Onkel verdrängte. Deswegen hat er viele Feinde.
Yuna
Sie hat rote Haare, spirituelle Kräfte und kann mit Majimun kommunizieren. Das alles sorgt dafür, dass sie von Menschen gehasst wird.
Shi
Sa
Wächterlöwen, Yunas Freunde.

Yato

Makatos Vasall. Er ist so etwas wie sein Sekretär.

Otochitonomoikane

Makatos kleine Schwester und Onarigami. Besitzt keine spirituellen Kräfte.

Hinukan

Feuergott, der Gebäude beschützt. Yuna ist sein Lieblingsmensch.

Die aufgehende Sonne

Sani

Ein kleiner Junge aus einem fremden Land. Er vergöttert Tida.

Hakutaku

Tidas äußerst mysteriöser Begleiter.

Tida

Ein Überlebender der ersten Sho-Dynastie. Makato ist sein Feind.

Was bisher geschah

◆ Ryukyu, Ende des 15. Jahrhunderts zur Zeit der zweiten Sho-Dynastie. Makato ist ein fähiger, aber einsamer König. Der aufgrund ihrer starken spirituellen Kräfte ausgegrenzten Yuna geht es ebenso. Als sie einen Fluch bricht, der auf dem jungen König lastet, kommen sich die beiden näher. Während Makato für Yuna zu etwas Besonderem wird, weil er ihr oft verfluchtes rotes Haar küsst, fühlt auch er sich in ihrer Gegenwart immer wohler, weil sie die Einzige ist, die ihn »Makato« nennt.

◆ Eines Tages trennt eine Flutwelle die beiden und der mysteriöse Tida nimmt Yuna gefangen. Sie schafft es, zu entkommen, und eilt zum Hafen von Naha, wo sich sowohl Makato als auch Tida aufhalten sollen. Bei ihrer Ankunft hat Tida das Königsschwert der ersten Sho-Dynastie, »Chiyoganemaru«, gezückt. Da zeigt sich plötzlich die Gottheit Kimitezuri, die normalerweise nur dem König erscheint, und Tida verkündet, dass er der wahre Nachfahre des Sonnengottes sei!

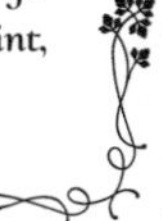

Yuna

aus dem Reich Ryukyu

Inhalt

Yuna
aus dem Reich Ryukyu

Kapitel 8

Dosch
ドドン
Welch Unver-schämt-heit!
Rums
すてん
Wie kannst du es wagen, dich ein-fach so …
… einem Kind des Königs zu nä-hern?
Nicht doch, Oshi. Makato trifft keine Schuld.
Ich wollte, dass er mein Freund wird.
Sashiki!
Du solltest dich doch nicht mit dem Fuß-volk abgeben!
Prinz Sashiki, ist Euch etwas passiert?!

Stimmt ...
Er ist ...
... für mich unerreich-bar.
Pass auf, Makato.
!
Vater!
Niemand weiß eines Menschen Schicksal vorherzu-sagen.
Sogar je-mand wie du, der als Fußvolk beschimpft wird ...
... könnte eines Tages zu einem »Kind des Kö-nigs« werden.

Vater …
Was meint Ihr damit …?
Wenige Tage später …

... machte er seine Prophe-zeiung ...
... zur Realität.

Ich dachte ...
... die Königsfamilie der ersten Sho-Dynastie wurde bei dem Staatsstreich vor 13 Jahren getötet?
Das trifft nur ...
... auf den damaligen König Toku und den Kronprinzen Chuwa zu.
Ehefrau
Ehefrau
Toku Sho
(8. König der ersten Sho-Dynastie)
Königin
Chuwa
(Kronprinz Sashiki, erstgeborener Prinz)
Oshi
(Prinz Urasoe, zweitgeborener Prinz)
Setsukei
(Drittgeborener Prinz)
Kuganishi
(Viertgeborener Prinz)
König Toku hatte jedoch noch drei weitere Söhne ...
... deren Schicksal bis heute unbekannt ist.

Eure Majestät ...!
Das ist jetzt ohne Belang.
Lass Yuna los.
Sie hat mit unserem ...
... persönlichen Streit nichts zu tun.
Hm

Wenn das so ist ...
... dann kann ich sie doch einfach aus dem Weg räu-men, oder?
チャッ
Wupp
Ver-such es ruhig!
Wenn du dich traust, du Balg!
グァルルルルル
Graaaar

Ein Wächter-
löwe?
Also der andere ...
... war über-
raschend schwach.
Katsching

Ich sage es kein drittes Mal.
Lass sie los.
Ssst ...
Sie sagte ...
... dass ihr zwei Freunde seid.

Früher gab es doch ...
... ein einfältiges Kind, welches dasselbe gesagt hat.
Was ist danach nur mit ihm passiert?

Maka-
to!
Zack
Tsching

Begrüßung

Hallo an alle! Hier ist Wataru Hibiki. Vielen Dank, dass ihr Band 3 von *Yuna aus dem Reich Ryukyu* gekauft habt!

Ich wurde darum gebeten, diesmal Tida auf das Cover zu geben. Die Pflanzen darauf heißen übrigens nicht umsonst »Jadewein«, denn sie haben die gleiche Farbe wie der Schmuckstein. Sie sind in tropischen Gebieten heimisch. Für mich passten sie aufgrund ihres mysteriösen Aussehens und der Tatsache, dass sie zu den gefährdeten Arten gehören, perfekt zu Tida.

Anscheinend kann man den Jadewein im Frühling auf Okinawa in voller Blüte sehen. Leider habe ich das selbst noch nie erlebt. Wie gern würde ich das mal mit eigenen Augen sehen!

Ist das hier wieder ...
Makato!
... ein Traum?
?!
Was ist das?
Wieso kann ich meinen Körper nicht bewegen?
Dodomm

Das bin ja ...
... ich?!
Ich bin du.
Du bist ich.
So ist es.

Lass mich frei.
Ich will zu Makato.
Nein.
Dies ist nicht dein Schicksal.
Wider-setzt du dich deinem Schicksal, rufst du Un-heil herbei.
Unheil ...?
Heißt das ...

Signierstunde

Im August 2018 durfte ich zur Feier der Veröffentlichung des zweiten Bandes eine Signierstunde auf Okinawa abhalten. Das war die erste Signierstunde meines Lebens! Und dann gleich auf Okinawa!

Ich hatte mich mental darauf vorbereitet, mich bei allen Beteiligten auf Händen und Füßen zu entschuldigen, sollte niemand auftauchen. Aber es kamen viel mehr Leute als erwartet! Eure Gedanken zu dieser Geschichte zu hören, hat mich so glücklich gemacht, dass die Signierstunde in den Top 3 der besten Momente meines Lebens gelandet ist! Ich bedanke mich von Herzen bei allen, die bei ihrer Planung und Durchführung geholfen haben.

Wann gibt's denn die nächste?

Was ist das für ein Schwert?
Es ist überwältigend, als wäre es in starke spirituelle Kraft gehüllt.
Spirituelle Kraft?!
Du willst dieses Mädchen beschützen?
Solange du der Herr der Welt bist, kannst du das nicht.

Diese spirituelle Kraft ...
... ist sicher nützlich, um ein Land zu beherrschen.
Auch wenn du das nicht willst ...
Flüster
... wäre die Sache sicher schnell erledigt.
... wird dein Umfeld ihr keine Ruhe geben.
Die Ansprüche werden sich auftürmen wie Wellen ...
... bis sie das Mädchen verschlingen.
Du aber, als Herr der Welt, wirst in deiner Rolle gefangen sein ...
... und das ertrinkende Mädchen seinem Schicksal überlassen.

Genauso wie da-mals!

Klirr
Makato!

Makato!
Makato!
Wieso ...
... lässt du zu, dass er Makato verletzt?!
Ich beuge mich meinem Schicksal ...
... nach dem ich dem König von Ryukyu gehorchen soll.
Aber Makato ist der König von Ryukyu!

Kimitezuri hat ihn als solchen anerkannt!
Er
ommt
us der
tterwelt
aikanai
…
Das mag sein.
Aber König Shin ist nicht der, dem ich dienen soll.
?!

Wir ziehen uns zurück.
Ich habe nicht vor, mich jetzt mit der königlichen Armee ...
... anzuleg...
Zuck
Du sollst sie loslassen!

Knirsch
Dosch
Genug!
Warte ...
Bitte zieht Euch zurück, Eure Majestät!
Eure Wunden müssen versorgt werden.
Lass mich los, Yato. Das sind nur Kratzer!
Nein.
Yuna kann auf sich aufpas-sen.
Jetzt entsinnt Euch doch bitte Eurer Position!

Ihr seid …
… der König dieses Landes!
Als ich noch in Yanbaru wohnte …

Okinawa-Recherche

Nach der Signierstunde blieb ich einige Tage alleine auf Okinawa und besuchte die dortigen historischen Stätten.

Da ich so überhaupt nicht Auto fahren kann, habe ich ein Taxi gemietet und mich damit zu den Burgen und Utaki* chauffieren lassen. Vielleicht lag es daran, dass ich als Frau alleine in total menschenleerem Gebüsch herumgeklettert bin, um dort eifrig Fotos zu machen, und ihm das Sorgen bereitete …
Aber auf jeden Fall hat mein Taxifahrer begonnen, mich zu begleiten. Ich habe erklärt, dass ich eine Geschichte schreibe, die in Ryukyu spielt. Da hat er mich an Orte geführt, die mit der Sho-Familie assoziiert werden. Es war sehr bereichernd, seinen Geschichten zu lauschen.

Die Recherche war also ein voller Erfolg!

Er war wirklich ein äußerst netter Herr. Das ist der Grund, warum ich Männer aus Okinawa so mag!

* Utaki sind heilige Orte.

… versteckte ich mich in den Wäldern …

… da die Welt draußen voller Gefahren war.

Ich wusste kaum, wie der Himmel aussieht.

Macht die Boote los!
Wir schließen uns dem Schiff auf hoher See an!
Platsch
Pting

»Was denn?
Boff
Für die Rettung hast du doch Lob verdient, nicht?«

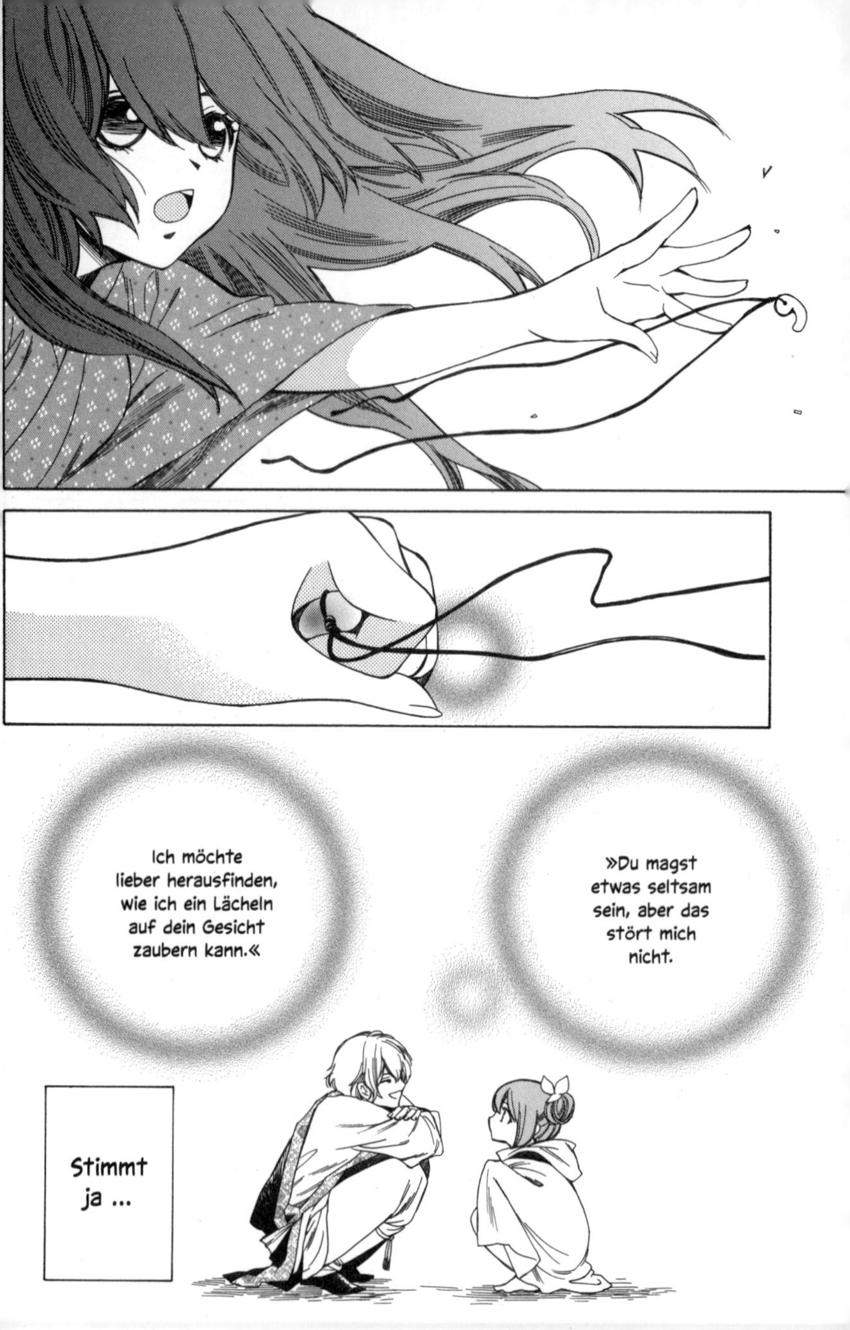

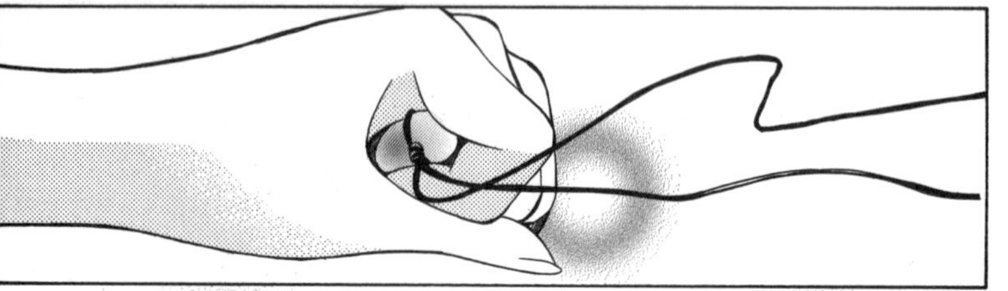

»Du magst etwas seltsam sein, aber das stört mich nicht.

Ich möchte lieber herausfinden, wie ich ein Lächeln auf dein Gesicht zaubern kann.«

Stimmt ja ...

An diesem Tag berührte mich ...
... zum ers-ten Mal die Sonne.

ガッ
Hamm
ぶ～
Laff mich lof!
Zappel
ジタ
バタ
Zappel
Laff mich fu Makato furück!
Du bist also wieder bei klarem Verstand.
Ich werde nie im Leben akzeptieren …
… dass du der König von Ryukyu sein sollst!
ポイ
Piuh
べしゃ
Batsch
Uwah!

Tipp
ピタ
Dann stirb.
Ich brauche niemanden, der mir trotzt.
Wusch

...
Du ...
Waaah!
Was ist das denn?!
Da wirbelt ordentlich die Gischt!
Ba ba ba ba bam
ドドドドド
Das ist ...
... ein Wächterlöwe!
Yuna, halt dich fest!

Bwamm
Sa!
Hi hi! Diesmal werde ich dich sicher beschüt...

...zen ...
Sprotz
ブシュ
ポーン
Boff
Aaargh!
Meine Wunde ist wieder auf-gegangen!

Tapp
トッ
Yuna!

Platsch

Makato! Geht es dir gut?!

Hast du dich ...

... ver...

Verzeih, dass ich so lange gebraucht habe.
Sicher hattest du Angst ...
... aber du hast dich wacker ge- schlagen.
...
Du bist so warm.

Ich dachte, wir würden uns nie wieder...
...seh...

Uuuh ...
ぎゅううう…
Klammer

Ich bin
ja hier.
Und du
auch.
Wir
sind beide
hier ...

Chiyoganemarus spirituelle Kraft schwindet.
Klink
Liegt es daran, dass die Göre weg ist?
Tida.
Die Wunde.
Ist sie in Ordnung?
Wunde?
Hamm
Ach, das hier.
Total vergessen.

Anfangs dachte ich, dass sie ...
... nichts als eine kleine, ängstliche Göre ist ...
Stupp
...
Wie der Biss eines Kätzchens.
Faszinierend.

Ich möchte sie noch einmal ...
... in die Finger kriegen und zum Fauchen bringen.
»Wider-setzt du dich deinem Schicksal, rufst du Un-heil herbei.«
Ein kleiner Dorn kann für große Aufregung sorgen.
Den-noch kann ich Makato nicht fern-bleiben.
Fschaaa

Weil
ich die
süße
...

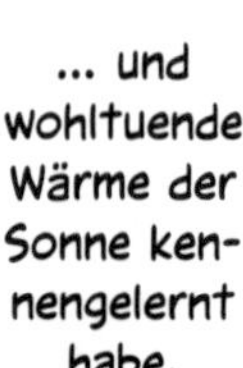
... und
wohltuende
Wärme der
Sonne ken-
nengelernt
habe.

Kapitel 9

Das Königreich Ryukyu im 15. Jahrhundert.
Dieses Inselreich liegt inmitten …
… der smaragdgrünen See. Auf seinem Thron …
König Shin!
… der gerade mal achtzehn Jahre alte König.

Sieh an, sieh an.
Du hast dich lange nicht gezeigt, Hinukan.
Whooosch

Ist etwas passiert, dass du sogar ...

... bis in mein Arbeitszimmer kommst?

Letztes Mal in Kapitel 2, nicht?

Du hast meine Haare angesengt.

Nichts ist passiert! Mir ist stinklangweilig, weil ich so lange nicht mehr ...

Ach, darum geht es nicht!

Ich spürte ...

... dass ein Erbe ...

... der ersten Sho-Dynastie noch lebt!

Wenn es so wäre, was würdest du machen?

Wenn du dich ihm anschließen willst, müsstest du den Palast verlassen.

Yuna lasse ich dich dann auch nicht mehr sehen.

Urgs!

Du »lässt« mich nicht?!

Ich beschütze den Herren des Palastes von Shuri.
Aber …
… auch diese Dynastie wird fallen, wenn die Dinge so bleiben, wie sie sind.
Die Götter …
… der sieben Schöpfungsutaki …
… welche Ryukyu beschützen sollen, haben dem Reich im Moment den Rücken gekehrt.
Yuna.
Warum interessierst du dich so für dieses Utaki?
Na ja …

Irgendwie fühie ich, seit ich in den Palast gekommen bin, den ...
... gött- lichen »Geist« ...
... dieses Utakis nicht ...
Yuu...
Do do don
...naa!
※ Brave Kinder machen das nicht nach.
Bwonk
Du bist wieder da!
Seit du im Meer vor Naha verloren ge- gangen bist, schmerzt mein Herz!
Wäre dir etwas zuge- stoßen, dann hätte ich ... dann hätte ich ...!
Momentan bist du für sie die größte Gefahr.
Beruhige dich mal, Prinzess- chen.

Herrje.
Sieht ganz so aus, als hätte Oto einen Narren an dir gefressen.
Allerdings will ich nicht, dass sie unser Stelldichein zu sehr stört.
Hä? Was ist?

Schon wieder.
D... Du hast ...
... mich nur erschreckt ...
Ich denke in letzter Zeit wieder ständig an Makato.
Schwwt
...

Huhu, kommt mal her.
Ich habe Chinsuko dabei.
Habt keine Angst!
Wir sind doch keine Katzen.
Miez miez miez ...
Juchhu!

Dann nehme ich eines ...

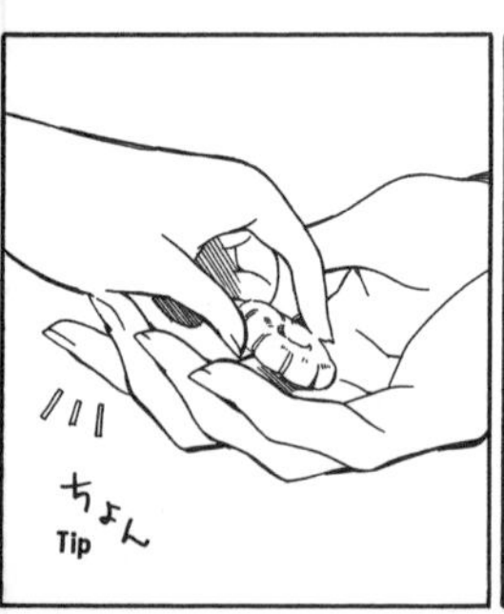
Tip

Gyaaaah

Das ist alles Tidas Schuld!

Das alles ist nur passiert, weil er aufgetaucht ist.
Also ...
... mit »alles« meine ich ...
Wirbel
Wirbel
Yuna ...
Hör mal ...

Zuck
はっ
Peng
Was war das?
? ?
Verdammt.
Ist es schon wieder an der Zeit?
Klatter
Klatter
Makato-taruka-neee!

Dies ist der Tag, an dem ich dich besiege!
シャキッ
Tschak
Mach dich be-reit!
ダァーン
Peng
ダァーン
Peng
ダァーン
Peng

Peng
Peng
Peng
Hab ich dich!
Tu ...

Tu das nicht!

Mist
...

Nun denn ...
Öhöm
Die Sache endet ...
... erneut in einem Unentschieden.

Was?!
Mann, Yato!
Das eben gilt doch nicht!
Noch so ein Störenfried?
Langsam reicht es aber.
Yuna?
Es ist alles gut.
Diese ...
... Person ist etwas eigen.

Mein Name ist Ini.
Klink
Ich bin die Tochter des ehemaligen Königs Sen'i.

Ini.

ジロ
Starr
Dies ist der Königs-palast.
Was macht ein Kind des einfachen Volkes hier?
Die werte Ini ist schon wieder auf dem Heim-weg.
Yato, geleite sie höflich, aber bestimmt zum Tor.
Also wirklich.
Jedes Mal werde ich in Euren Ehestreit hinein-gezogen. Ich bitte Euch, überlegt doch mal, wie das für mich ist.
Lass!
Mich!
Schleif
ずる ず
Schleif
ずるずる
Los!
ドキ
Badomm
»Ehe-streit«?
Ja, was meinst du mit Ehe-streit?
Ich habe schließlich nie akzep-tiert ...

... dass ich ...
... Makato-tarukanes Verlobte sein soll!

Mein herzlichstes Beileid, Eure Majestät.
Verzeiht, ich ging davon aus, dass Ihr Yuna darüber in Kenntnis gesetzt hattet.
Na ja, so herzlich ist es vielleicht nicht.
Natürlich habe ich das nicht ...
War es nicht unüberlegt, ohne jegliche Erklärung den Rückzug anzutreten?
Ihr solltet Euch vor Shi und Sa fürchten.
固
Erstarrt
ドビューンッ
Wusch
Gehst du fremd ?!
Erklär das gefälligst!
Ich kann auch mal aufgeregt sein.
Ist das euer Ernst?!
Ein Kätzchen bringt den Herrn der Welt zur Verzweiflung?
Ich lach mich krumm!
Dein Vater weint im Himmel.
ぎゃははは
Bwa ha ha ha
Cousinchen, sei so nett und halte den Mund.
Wieso bist du überhaupt noch da?

Neuerdings habe ich das Gefühl, dass sich zwischen uns eine Kluft aufgetan hat ...
Ich frage mich, wieso.
Haaah ...
Meinetwegen können wir die Verlobung jederzeit lösen.
Das Blumengebäck ist echt lecker!
Plopp
Du bist seit Ewigkeiten wie ein kleiner Bruder für mich. Dich als Ehemann zu haben, fände ich echt dürftig.
Die Verlobung bleibt bestehen.
Du weißt doch ...
... dass gewisse Umstände vorliegen.

Es geschah vor drei Jahren.
Mein Bruder ...
Damals war mein Bruder 15 und Ini 17.
... verkündete wie aus dem Nichts, er würde Ini zu seiner Königin machen.
Natürlich hat das alle sehr verwirrt.
Immerhin ist sie ...
... die Tochter des früheren Königs, der durch eine Intrige vom Thron gestoßen wurde.
Aber mein Bruder hatte das gründlich durchdacht.

Die Familie meines Onkels, welche so hinterlistig entmachtet wurde ...
... könnte leicht zu einer Bedrohung für den neuen König werden.
Mein Bruder versprach also, Ini zur Königin zu machen, um ihre Familie für sich zu gewinnen.
Gleichzeitig nahm er Ini damit als Geisel, um jegliche aufständische Machenschaften im Keim zu ersticken.
Obwohl er mein Bruder ist ...
... hat er mir damals Furcht eingeflößt.

Ini gefiel das ganz und gar nicht.
Sie begab sich auf Wanderschaft, um ihre Kampffähigkeiten zu verbessern, und fällt seitdem regelmäßig hier ein.
Sie kämpft mit einer dreiläufigen Donnerbüchse.
Wenn ich dich besiege, löst du die Verlobung!
Die ist doch gemeingefährlich.
Du schon wieder.
Geht es dir gut, Yuna?
Oh!
Ja ha ha
Der Herr der Welt hat es auch nicht leicht, nicht?
Und hoch!
Hast du überhaupt zugehört?
Ach ja, ich könnte wieder mal ein Kräuterbad ...
Bwuh!
Bonk

4

Irabu-Suppe

Das ist eine Suppe aus Seeschlangen. Ich habe sie im Alter von fünf oder sechs Jahren hin und wieder im Fernsehen gesehen und mir aus tiefstem Herzen gewünscht, nach Okinawa zu gehen und sie dort zu probieren. Ich kann mich gut an das verdutzte Gesicht meiner Mutter erinnern, als ich ihr das gestand.

Als ich sie endlich einmal probieren konnte, war sie viel leckerer, als sie aussah. Mein Bauchgefühl hatte sich nicht geirrt! Ich liebe es ja, regionale Spezialitäten zu schnabulieren, die man nur an bestimmten Orten kriegt. Diesmal habe ich Chiraga (Schweinehaut vom Kopf) probiert.

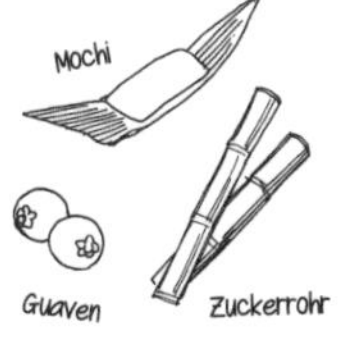

Der öffentliche Markt in Makishi war auch fantastisch! Ein wahres Schlaraffenland!

Vi...
Vielen ...
Lins
... Dank ...
Streng dich an, Yuna.
Lass dich nicht einschüch-tern!
Was für eine beeindru-ckende Frau.
Sie ist imposant und stark ...
... und eine (ehemalige) Prinzessin.
Wenn du jemanden zum Aufgeben bringen willst, musst du zuerst seinen Schwachpunkt ...

An der Seite des Königs zu stehen ...
... wäre für sie mit Sicherheit ...
Seufz
?!
Ähm ...
Starr
Was ist ...?
Dieser Blick!
Sieh an.
Du bist also eine Priesterin ...
... mit ziemlich starken spirituellen Kräften.

Woher weißt du das?
Ich kann solche Dinge sehen.
Wenn auch nur ein kleines bisschen.
Dort drüben zum Beispiel.
Im Suimui-Utaki sind keine Lebensgeister.
So was sehe ich.
!
Tatsächlich ...
Gerüchten zufolge ...
... kommen die letzten Unruhen im Hafen von Naha daher ...
... dass die Welt nach dem Staatsstreich nicht zur Ruhe kommt. Die Götter der Schöpfung haben sich von uns abgewandt.
14 Jahre ist das bald her.

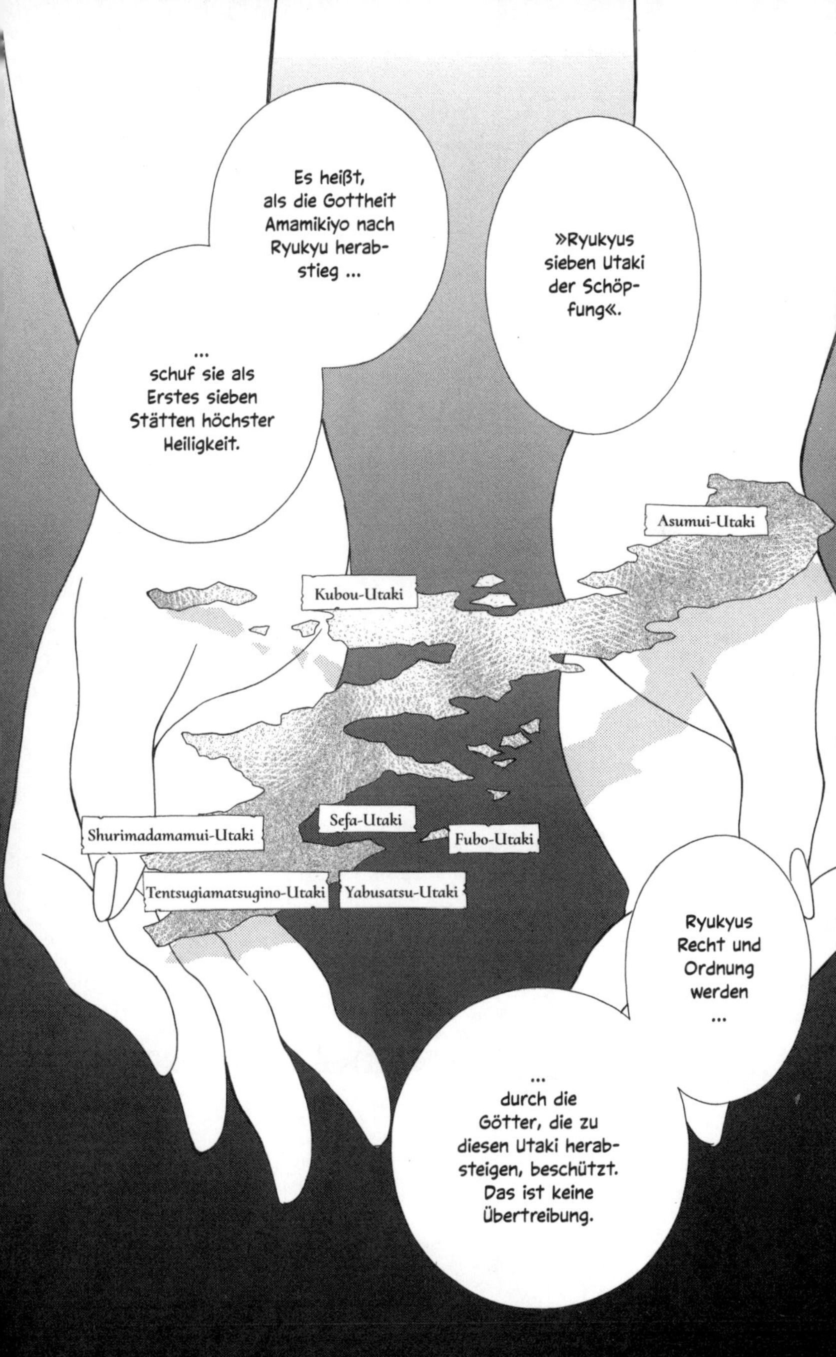
Es heißt, als die Gottheit Amamikiyo nach Ryukyu herab-stieg ...
... schuf sie als Erstes sieben Stätten höchster Heiligkeit.
»Ryukyus sieben Utaki der Schöpfung«.
Asumui-Utaki
Kubou-Utaki
Sefa-Utaki
Fubo-Utaki
Shurimadamamui-Utaki
Tentsugiamatsugino-Utaki
Yabusatsu-Utaki
Ryukyus Recht und Ordnung werden ...
... durch die Götter, die zu diesen Utaki herab-steigen, beschützt. Das ist keine Übertreibung.

Wenn die Götter nicht herabsteigen, dann ...
... ist Makato in Schwierigkeiten!
Wir müssen die Lebensgeister der Utaki wiederherstellen!
Aber zuerst ...
...
... müssen wir die Ursachen ausfindig machen!
Es muss doch etwas geben, was ich tun kann ...
Hmm ...
Hmm ...
Soll ich dir unter die Arme greifen?

Ich kenne einen geheimnisvollen Spielmann, der alles ergründen kann.
Den stelle ich dir vor.
Vielleicht kommst du so auf die richtige Spur.
Ähm ...
»Bei Mondaufgang auf den Feldern außerhalb des Dorfes«, sagte sie ...
Gwapp
Yuna! Wohin gehst du so spät noch?
Makato!

Hat Ini dich zu etwas angestiftet?
Ha... Hat sie nicht ...
Ich kann ihm nicht in die Augen sehen.
Sie hilft mir dabei, die Utaki zu untersuchen.
Er hält zum ersten Mal ...
ぐいっ
Schwupp
Wir kehren um.
Um diese Uhrzeit sollte ein Mädchen nicht alleine unterwegs sein.
U... Um mich musst du dich nicht sorgen!
In der Nacht falle ich sogar weniger auf.
Mir ist aber ungut dabei.

Bitte triff dich nicht mehr mit Ini.

Wieso ...?

Bereite ich irgendwelche Umstände?

...

Wieso redet er nicht ...

... mit mir?

ズキ… Stich
Wie dem auch sei. Wenn es etwas herauszufinden gibt, dann übernehme ich das.
Ini und ich werden …
Ich verstehe schon.
Jemanden wie mich in der Gegenwart deiner teuren Verlobten zu haben …
… ist dir sicher lästig.
Worauf …
… habe ich denn gehofft?
Oh!
Das …
… war sehr schroff.

Stich
Na gut.
Ent-
schuldige
mich.
Stich
Yuna,
warte
...
Stich
Watsch
Ach,
verflixt
...

»Jedes Mal, wenn im Land etwas Ernstes passiert ...

... oder er die Königin oder eine Konkubine empfängt ...«

»Wann immer er sich seinen Pflichten widmen muss ...

... wird er dich verraten.«

Das weiß ich doch.

Deshalb wollte ich auch stärker werden.

Also warum ...

Was mache ich ...
... bloß?
Jedes Mal wenn ich Inis Namen aus seinem Mund höre ...
... gerät mein Herz in solchen Aufruhr.
Dieses Gefühl ist mir zuwider.
Wir sollten doch nur Freunde sein ...
Wieso bin ich dann ...

Makato wäre …
… dessen …
… ganz sicher überdrüssig.
Kindchen?
グスン
Schnief
Du da mit den roten Haaren!
Mrrrau

Könntest du diese Majimun für mich vertreiben? Ich gebe dir auch was dafür.
Mit Katzen komme ich nicht klar.
Miaooo (Das ist Beute, fressen wir ihn!)
Mrauuu (Rufen wir auch den Rest des Rudels!)
Mrrauuunz (Zerrt ihn herunter!)
Schau, die gespaltenen Schwänze. Das sind Maya.
Mit ihren dünnen Stimmchen orten sie das Versteck ihrer Beute.
Wusch
Der da könnte als ihr Abendessen enden.
Onachi Maya!
(Ihr Katzen mit den dünnen Stimmen!)
Schreck

Whamm
Kinkai Sagirarindo!
(Ich hänge euch an den Baum!)
Weg hier!
...
Fwip
Fwip
Das hast du schnell erledigt, Yuna!
Hast wohl deinem aufgestauten Ärger Luft gemacht.
Du hast mich gerettet ...

Keiner Frau ist meine Aufmerksamkeit zuwider.
Ich dachte, ich hätte eine schöne Frau gesehen, aber als ich sie umarmen wollte, war es ein Katzengeist.
Fauch
Eure Belohnung ist es …
… mein wunderschönes Antlitz betrachten zu können!
Wir hätten sie dich fressen lassen sollen.
Das ist Belästigung.
Patt
Patt
Her mit der Belohnung.
Ach, die habt ihr doch schon bekommen.
?
Wir gehen dann mal …
Ts. Schon wieder Arbeit für lau.
Hoppla, bist du etwa zu jung, um diese erwachsenen Reize zu verstehen?
Meine Güte, Kinder …

Schnips
パチン
Nun gut. Dann bekommst du eine Sonder-behandlung.
Ich habe kein Interes-se an einem »Kind«.
Aber sehr wohl an dem Grund, der ein »Mädchen« Trä-nen vergießen lässt.

Lass mich dich zur Erlösung ...
... deines tränenge-tränkten Herzens führen.

Ein »Moashibi«.
Junge Männer und Frauen treffen sich abends, um gemeinsam zu singen und zu trinken.
※ Heutzutage würde man das eine Party nennen.

Cousinchen ...
Sag bloß, dein großer Plan war es, Yuna hierher mitzuschlep-pen ...

Wieso bist du überhaupt mitgekom-men?!
Du verdirbst mir den Sake.
Beruhig dich.
Mach hier keinen Aufstand.

Und? Wo ist der Spielmann?
Hmm ...
Nicht da.
Vielleicht kommt er heute Abend nicht.

Er ist von Natur aus ein launischer Kerl. Oft kriegt man ihn nicht zu Gesicht.
Was ist das denn für einer?
Der klingt zwielichtig.

Die Melodien, die dieser Kerl spielt ...
... sollen die Herzen der Menschen widerspiegeln ...
... und sie aus ihren Zweifeln zur Erlösung führen.

Sein Name ...
... ist Akainko.

Die Maya-Majimun

Hier eine kurze Erklärung zum Bannspruch, mit dem Yuna in Kapitel 9 die Maya vertrieben hat. »Onachi« ist ein Wort für die Laute, die Maya von sich geben sollen, und bedeutet »dünne Stimme«. Früher wurden die Leichname von Hauskatzen an Bäume gehängt, um zu verhindern, dass sie zu Majimun werden. Der Bannspruch soll mithilfe von Überlieferungen dieses Brauches bis in die heutige Zeit überlebt haben. (Die Info habe ich aus Higa Junkos *Nachschlagewerk für Okinawas Majimun*.)

Heutzutage ist das natürlich unvorstellbar! Aber wer solche Sachen nachschlägt, der macht auch mal unerwartete Entdeckungen! Das hat mich zum Nachdenken gebracht, ich finde solche Dinge faszinierend.

Ich hoffe, dass ich im Laufe meiner Arbeit an diesem Werk weiterhin viel erfahren und lernen kann.

Tut mir leid, dass mein letzter Kommentar hier so finster ist ...

Aber pass gut auf.
Deine Seele fühlt sich zu denen hingezogen, die ihr ähnlich sind.

Wenn so jemand erscheint …
… wird es nicht leicht sein, euer Schicksal fest miteinander zu verknüpfen.

So.
ぺちん
Ptsch
Genug vom Liebes-orakel.
Ich bin in Eile.

L…
Li… Liebes-orakel ?!

Heute Abend gibt es endlich wieder ein Moashibi!
Die liebreizenden Kätzchen dort warten sicherlich voller Sehnsucht ...
... auf den Anblick meines wunderschönen Gesichtes.
Ich dachte, du kommst mit Katzen nicht klar?
Sst
Elende Göre!
Wie konntest du es wagen!
Fauch

Was hast du?
War ...
... da nicht eben ...?
Ach ...
Klink
チン

So sieht man sich wieder ...
... Rotschopf.
»Deine Seele fühlt sich zu denen hingezogen, die ihr ähnlich sind.
Wenn so jemand erscheint ...
... wird es nicht leicht sein, euer Schicksal fest miteinander zu verknüpfen.«

Kommt!
Sauft und singt!
Lasst uns die Nacht durchtanzen, bis der Morgen graut!
Bei den Unruhen im Hafen von Naha …
… traf ich einen unheimlichen Menschen, der sich »Tida« nennt.
Ich dachte mir schon …
… dass das Schicksal ihn und Makato irgendwie verbindet …

...
aber wieso
musste es
gerade so
kommen
...?!
Kapitel 10

Die »Tedashiro-Krummjuwelen«, welche die Yorishiro* der Sonne darstellen?

* Gegenstände, die im Shintoismus Götter anziehen und ihnen eine Form verleihen sollen

Ich sagte dir bereits ...

... dass du dich auf die Suche danach machen sollst.

Sie sind für dich unabdingbar, um den Thron zu erringen.

Auch ohne diese Dinger könnte ich ...

Wusch

... sofort in den Palast von Shuri einfallen ...
... und der zweiten Sho-Dynastie ein Ende setzen.
Krrrack
Tida hat wieder schlecht geträumt. Ist mürrisch!
Wie ein Oger.
Alles muss eben in der richtigen Reihenfolge geschehen.
Solange du das Volk nicht durch die Anerkennung der Götter ...
... auf deine Seite bringst, wirst du nie der wahre König sein.
Ich kann dich zwar beraten, aber ...
... ich bin nicht allmächtig.
Wenn du dich dem nicht fügst, ist nicht nur dein Traum ...
... sondern auch dein Leben verwirkt.
Hmm ...

Soll das eine Drohung sein?
Es ist nun fast 14 Jahre her, dass die erste Sho-Dynastie gestürzt wurde.
Wir haben auf die Chance gewartet, wiederaufzuerstehen.
Anfangs waren wir nur zu zweit.
Aber wir fanden Kameraden ...
... und wurden stärker.
Jedoch genügt das noch nicht.
O Wasserspiegel.
Zeig mir das Mädchen mit dem roten Haar.
Der Schutz der Götter ...

Hab ich dich.
Du bist die Noro ...
... welche die einstige Welt wieder-herstellen kann.

Wieso ...
Grrrr
... ist er hier?
Oh!
Yuna!
Du da.
Bist du Akainko?

Du sollst der seltsame Spielmann sein, der alles ergründen kann.
Und weiter?
Seltsam?
Sag an! Wo sind die Tedashiro-Krummjuwelen?
Das ist doch keine Art, um einen Gefallen zu bitten!
Meine Güte, was für ein Bengel.

Wir haben uns doch eben erst wieder getroffen. Gleich abzuhau-en wäre doch schade.
I... Ich fände das ...
Shi! Sa! Flauschig!
Lass los, du Kraft-paket!
Ptsch
Ptsch
... kein bisschen schade ...
Peng

Herrje, hat dir niemand beigebracht ...
... wie hässlich die Eifersucht ist?
O falscher Herr der Welt.
Die Ini-Sonder-anfertigung: Mini-Ge-schosse.
Yuna ...
... komm zu mir.

Badumm
ドキ
So wie es aussieht ...
... hat sie wohl ihr Vertrauen in dich verloren.
Wie bitte?

Halt, ihr zwei!
Dies ist ein Ort, an dem Männer und Frauen ausgelassen feiern!
Wenn ihr Ärger wollt, geht woanders-hin!
Das gilt auch für dich. Benimm dich …
… sonst werde ich nichts über die Krummjuwe-len vorher-sagen.
Hmpf
Ach du Schreck!
Die Krumm-juwelen?
Na …
Zupp
つん
Du bist ja zum An-beißen.

Keine Ahnung, was eben los war, aber ihr solltet mit uns den Kachashi tanzen!
Wenn man miteinander trinkt, ist jeder Streit schnell begraben!
Also ich ...
Waaah
Los!
Du bist auch gemeint, Miesepeter!
...
Kachashi?
Wieder am Anfang
Oh, du hast den Dreh raus!
Das bedeutet: »alles vermischen«.

Egal, ob Freude oder Trauer.
Wir ver-mischen und teilen alles.
Dadurch spielt es keine Rolle ...
... welchen Status man besitzt oder wen man zum Feind hat.
Alles, was es dann noch gibt, sind fröhliche Ge-sichter.

Das ist Wunschdenken.
Knister
パチッ
Menschen aus verschiedenen Welten ...
... können einander nie wirklich verstehen.
Wenn sich ...
... der Hass einmal im Herzen festgesetzt hat ...
... kann man ihn nicht einfach ausmerzen, indem man ihn mit anderen teilt.

Tida ...?
Was soll das lange Gesicht?!
Wenn du so drein-schaust, müs-sen wir auch tanzen!
Wank
Die Nacht ist noch jung!
Was?!
Du hast 'ne Alkohol-fahne!
Wenn du nicht tanzen kannst, bring ich's dir eben mit Händen und Füßen bei!
Los, komm schon!

Du gehst nicht mit?
Nein ...
Immerhin wirkt Makato in Inis Gegenwart ...
...
Eine Schwachstelle!
... so ungezwungen und natürlich.
Ach ja?
Ob es daran liegt ...
... dass wir in unterschiedlichen Welten leben?

Cousinchen, bitte ...

Es tut mir leid, aber jetzt ist nicht die Zeit für Tänzchen.

Neben Yuna sitzt nämlich ...

Ist das der berüchtigte Kerl, der zur ersten Sho-Dynastie gehört?

Eine Kette aus Krummjuwelen. Sie sollen aus den Seelensteinen von Ryukyus sieben Schöpfungsutaki angefertigt worden sein.
Die Noro der ersten Sho-Dynastie wurden auch Tedashiro genannt. Sie gaben die Krummjuwelen über Generationen weiter.
Jedoch gingen mit dem Fall der ersten Dynastie offenbar auch die Krummjuwelen verloren.
Warum sucht er danach?
Den Gerüchten nach erhält der Besitzer dieser Krummjuwelen ...
... die »Kraft der Götter«.
Ist ...
... dieser Akainko überhaupt ein echter Hellseher?

Was ist, was ist? Zweifelst du an ihm?
Ich weiß schon ganz lange ...
... dass seine Hellseherei echt ist!
ぐでん
Laber
ぐでん
Laber
Meine Güte ...
Ich habe es ...
... mit eigenen Augen gesehen.
Also vermutlich schon.
Es ist 13 oder 14 Jahre her ...
... dass plötzlich ein Junge erschien, der Vergangenheit und Zukunft ergründen konnte.
Er sah mit dem prächtigen Stein, den er immer trug, schon sehr auffällig aus.
Damals gab es ja ein ziemliches Durcheinander.
Nanu? Wo ist er denn jetzt hin?
Dabei wollte ich seine Weissagung hören.
Hellseherei ...
Vor 13 oder 14 Jahren ...
Ich verstehe.

So ist das also.

Schwupp

Herrje ...

Du hättest mir nicht bis hierher folgen müssen.

Tut mir leid, aber die Krummjuwelen überlasse ich euch ...

... nicht?!

Ra ta ta ta ta ta

Her mit den ...

... Klunkern!

Wuff wuff ♪

Verfolgung. Bis ins Jenseits!

Bist du ein Spürhund?!

Geht dir nie die Puste aus?!

Immer diese Bälger!

Die Krummjuwelen sind wohl in deiner Brusttasche.

Mist!

!
Nicht!
Wenn du es so willst ...
Hmpf
Tweng

!!
... sollst du deine schlimmsten Erinnerungen wiedersehen!

Das hier ist …
… der Shuri-Palast?
Großer Bruder!
Tapp

Was macht unser zukünftiger König denn?
Du spielst schon wieder mit Tieren!
D... Das steht doch noch gar nicht fest.
Eine Rolle mit so viel Verantwortung wäre für jemanden wie mich ...
Wer sind die beiden ...?
Was sagst du denn da!
Der Herr der Welt wird normalerweise aus den Erben ausgewählt.
Wer sollte außer dir ...
Komm, steh auf.
Prinz Sashiki, Prinz Urasoe!
Schnell! Ihr müsst von hier fliehen!
Kanamaru hat uns verraten!

Das ist die Vergangenheit.
Der Tag vor 14 Jahren, an dem die erste Sho-Dynastie unterging.
Tida?
Mach dir keine Sorgen!
Ich werde dich beschützen!

Nein ...
Geh nicht ...
Was ...
... ist ...
Lass mich nicht allein!

Splatsch
Ich habe den Prinzen getötet!
Amme und Königin sind auch erledigt.
Es sollte noch einen Prinzen geben!
Findet ihn!

Bringt alle Mitglieder und Verbündeten der Königsfamilie um!
Hah
Hah
Hah
Uuh ...
Aaah!
Aaah!
Waaaah!

Dass dieser Mensch ...
... so aussehen könnte.
Wobei ... Damals trug er auch einen leidvollen ...
... verängstig-ten Ausdruck in seinem Gesicht.
Das ist also seine Vergangen-heit.

Er war ein Prinz der ersten Sho-Dynastie ...

はっ
Hah
...na ...

Yuna!
Makato?!

Yuna, mach die Augen auf!
Yuna!
Tida!
Du wurdest in Akainkos Zauber verwickelt.
Ich weiß nicht, welche Illusionen sich dir zeigen ...
... aber wenn du nicht aufpasst, könnte dein Herz daran zerbrechen!
Fschuu
Oh nein! Wenn das so weitergeht ...!

Allerdings ...

... ist Tida Makatos Feind ...

... und hat Sa neulich schwer verletzt.

Yuna, komm zurück!

Er wird sicher auch in Zukunft ...

Fschaaa

サァァアァ

... Makatos Herrschaft bedrohen.

Sicher

Ganz
sicher
...

Lass uns von hier weg!
Es ist alles gut!
Ich bin bei dir.
Ich werde dich ...

... auf keinen Fall zurück-lassen!

Yuna!
Ein Glück, du bist wach.
Geht es dir gut?
Bist du auch nicht verletzt?
Oh ... Ja. Mir geht es gut.
Hah
はっ
Aber was ist mit ...
Tida ...

Hast du jetzt Mitleid mit mir?
Ich werde diese Schuld eines Tages begleichen, wenn auch widerwillig.
Sani, kannst du Akainko noch verfolgen?
Wau!
Ich probier's!
Warte!

Worauf hast du es abgesehen?
Die Auferstehung der ersten Sho-Dynastie?
Auferstehung?
ははははは
Ha ha ha ha ha
?!

Ich kann nicht anders, als töten zu wollen.
Ich träume davon, jeden einzelnen Verräter ...
... in die Knie zu zwingen und ein Blutbad anzurich-ten.
Genauso wie ich ...

... sollst auch du leiden und am eigenen Leib spüren, wie es ist ...
... wenn dir alles, was dir lieb ist, entrissen wird!

Ach ja, Yuna.
Du hattest vorhin doch einen Alb-traum.
Welche Dinge hat Akainko dir gezeigt?
Wir müssen noch mehr über diese Krummjuwelen herausfinden.
Aber ...
Das ist doch egal.
Sie ist heute sicher erschöpft. Frag sie ein andermal.
... mir wäre auf jeden Fall unwohl dabei, sie dem Kerl zu überlassen.
Mag schon sein, aber ...

Ich konnte ihn einfach nicht im Stich lassen.

Denn ich kenne sie nur zu gut.
Die Einsamkeit ...
... und die Angst vor der Böswilligkeit anderer.
»Deine Seele fühlt sich zu denen hingezogen, die ihr ähnlich sind.«
Gwipp ぎゅ
Ich bete, dass der Tag ...

... an dem ich das bereue, nie eintritt.
Der andere Kerl ...
... stammte dann wohl aus der zweiten.
Puh
Das war echt gefährlich.
Ich hätte nicht gedacht, dass ein Überlebender der ersten Sho-Dynastie deswegen kommen würde.
Noch dazu mit diesem hartnäckigen Balg.
Dann kann ich es jetzt ...
... noch weniger aushändigen.
Raschel

Immerhin ...
... ist diese Kette der Schlüssel ...
... um über das Schicksal Ryukyus zu herrschen.

Der Morgenstern ...
... kündigt also das Ende des Moashibi an.
Mist, ich konnte mich gar nicht amüsieren.
Tida. Wieder ein böser Traum?
Tut mir leid. Der Inko ist entwischt.
Ja.
Dann bist du also mürrisch, ja?
Ganz ärgerlich und böse?
Ja.

Nein.

Heute war es ...
... nicht so schlimm.
Schmet-terling!
Yuna aus dem Reich Ryukyu Band 3 – Ende

Danksagung

Einen lieben Dank

an Ayane Omiya, Komachi Kurokawa, Rei Shiqjima, Riichi Nishizaki, Mikanbako, Aya Aomura, Kyuu und Yui Natsuo,

an Redakteur M.,

an Redakteur H.,

an die Redaktion von *LaLa Comics*,

an alle, die an der Veröffentlichung beteiligt waren,

und alle Leser dieser Geschichte!

Eure Meinungen und Eindrücke könnt ihr gerne hierhin schicken:

Altraverse GmbH,
»Wataru Hibiki«
Phoenixhalle 1
Ruhrstraße 11a
22761 Hamburg

Das erwartet euch im nächsten Band:

Wataru Hibiki
Beim Besuch des Sefa-Utakis wollte ich einen großen Schmetterling anlocken. Als dieser dann tatsächlich flatternd zur mir heruntergeschwebt kam, hatte ich das Gefühl, den Fuß in eine andere Welt gesetzt zu haben!
Ryukyu
Ryukyu
Der Anblick der Insel Kudaka, die man von der Kultstätte aus sehen konnte, war dabei wunderschön.

Deutsche Ausgabe / German Edition

Aus dem Japanischen von Christina Rinnerthaler

RYUKYU NO YUNA by Wataru Hibiki

First published in Japan in 2019 by HAKUSENSHA, Inc., Tokyo.
German language translation rights arranged with HAKUSENSHA, Inc., Tokyo
through Tuttle-Mori Agency, Inc.

Redaktion: Kathrin Zimon
Herstellung: Cathrin Hamester
Lettering: Vibrant Publishing Studio

Druck: CPI books GmbH, Leck
Printed in Germany

ISBN 978-3-96358-623-1
1. Auflage 2020

www.altraverse.de